청어詩人選 363

풀잎 떨리면
꽃이 오고

김
성
기 시
    집

청어

풀잎 떨리면 꽃이 오고

김성기 시집

시인의 말

바람이 분다
나
마음 둘 곳 없어라

차례

1부 엄마야 엄마야

2부　실각성(失脚星)

3부 그대 어디에

4부 단상(斷想)

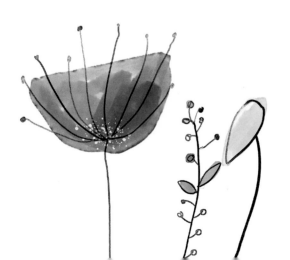

1부

엄마야 엄마야

청량산 사잇길

원효는 구도(求道)를 위해 걷고
나는 보신(保身)을 위해 걷는다
천년 세월은
천년만큼의
간극(間隙)을 만들었다

* 청량산도립공원 입석 주차장에서 청량사 가는 산자락이
　원효대사 구도의 길이다

시인의 묘비명

살아서는
詩詩 껄렁

죽어서는
詩詩 콜콜

내 詩는
詩들 詩들

격세지감

하면 된다
와
되면 한다

하고 싶다
와
되고 싶다

나는 어쩌다가
딴 세상에 오고 말았다

여자의 변신은 무죄

판결문 없는
유일한 판례다

솔로몬도
침묵했다

나는

짐승이 몸을 낮추는 건
경계

사람이 몸을 낮추는 건
경외

사람이었다가
짐승이었다가

밖에서 찾지 마라

C LOVE R

신이 클로버 안에

소중한 **사랑**을 주셨는데도

밖에서 찾으려 하는구나

밖에서 구하려 하는구나

사방팔방 곁눈질이나 하는구나

악마의 편집

나는 저녁에 호수(가) 위에 있는 집에서 술을 마셨다
A는 저녁에 호수 위에 있는 집에서 술을 마셨다

호수 위에 있는 집에 사건이 있었고
나는 피의자가 되었다

악마는 괄호 안의 것을 숨겼고
나는 A로 둔갑되었다

벽화

저들은 내게
낯익은 모습이고

나는 저들에게
낯선 모습이다

저들은 늘
내 뒷모습에

쓸쓸했을 터
쓸쓸했을 터

아이쿠머니나

사색 ↘
검색 ↗

전원이 끊기고
나는
세상과 단절되었다

봄

ㅂ
ㅗ
ㅁ
―――
ㅁ   땅 속이다

ㄴ   싹을 내민다

ㅂ   가득 채우지 마라 한다

땅 위에서 우리는

이 모두를 잊고 산다

요철(凹凸)

울퉁이라 한다
불퉁이라 한다

갈라치기 마라

찰떡궁합이다
본시 한 몸이다

비창(悲愴)

냉장고가 비어갈 때
우편함은 채워지고

냉장고가 깨끗하게 비워졌을 때
우편함은 넘쳐흘렀다

창틀에 놓였던 화초의 허리가
꺾였다

국화꽃이 한 송이씩 놓이기 시작했다
언제나 그랬듯이

성냥

그냥
긋기만 하여도
지 몸
불살라버리는
성질 고약한 놈이지만

고개 숙일 줄 아는
멋진 놈

숫돌

초승달 닮은 낫과
초승달 닮아가는 숫돌

둘은 닿으면서 닮아가고
둘은 닳으면서 닮아간다
천
생
연
분

구문(求門)

호모사피엔스는 짐승의 언어를 가졌었다
의식주에 필요한 최소한의 언어가 있었다
당시 입에는 문(門)이 필요치 않았다

신(神)께서는
배설을 함부로 하지 말라는 계시(啓示)와 더불어
항문(肛門)에 문을 다셨다

오늘날
문(門)이 없어 말이 넘쳐나고
말이 누군가의 가슴에 화살처럼 박혀
상처가 되기도 하는데

어쩌나
꿰매지도
문을 달 수도 없는
이 지경

묵시록(默示錄)은 입을 다물어
그저 잠잠할 뿐인데

이심전심

바닷가 모래의 마음이다

물결에
밀리고
쓸리는

가을

단풍 붉다

서산 황혼에
넋 놓고 있자니
너도 붉고 나도 붉다

이처럼 눈시울 붉어지는
황홀한 가을에
발에 밟혀 잎맥만 남아
슬피 저무는 가을에

단풍 붉다

엄마야 엄마야

나의 유아기는 아무것도 모른다
나의 엄마에 대한 어떤 기억도 갖고 있지 않다
포대기에 싸여 버려졌고
생년월일과
미안하다는
짤막한 쪽지가 나의 탄생 기록이며
버려진 사연이다

용서의 시간을 갖고
얼굴도 모르는 엄마를 사랑하기까지
참 길었다
엄마를 느끼고 싶다
엄마를 만지고 싶다
엄마를
엄마를 닳도록 만지고 싶다

이제
나에게 남은 시간은
엄마를 찾는 데 쓴다
엄마냄새
엄마촉감
엄마음성

짝사랑 1

발보다 마음이 앞서는 날
코스모스 한들한들 유혹하면
이 빗장 어떡하나

짝사랑 2

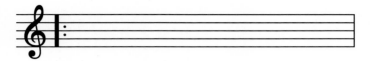

대문 앞까지 가서 까치발만 하다가

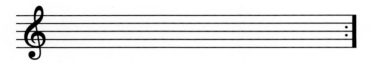

되돌아오는 것
내일도 반복되는 것

쫓을 종(从)

다툴 난(奻)
간음할 간(姦)

이런 비하의 글자 삭제하러 간다
누천년 거슬러 간다

从 从 从 从 从 从 从 从 从

쌍시옷 아니다
사람人 아니다

나는 쪼춤바리 중이다

한글 예찬

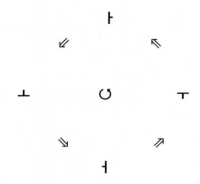

하늘(·)과 땅(—)과 사람(ㅣ)이다
변(變) 아니다
화(化)이다

ㄱ ➔ ㅋ
ㄴ ➔ ㄷ ➔ ㄹ ➔ ㅌ
ㅁ ➔ ㅂ ➔ ㅍ
ㅅ ➔ ㅈ ➔ ㅊ
ㅇ ➔ ㅎ

화(化) 아니다
변(變)이다

대한민국이 세상을 변화시키고
세상의 변화를 대한민국이 주관한다

아등바등

.

点

點

点

.

아!
기껏
점 하나 찍자고

탈

글쟁이는 글쟁이답고
환쟁이는 환쟁이 다우면 될 일이다

뽐내지 마라

호박꽃은 호박꽃으로 살고
제비꽃은 제비꽃으로만 살더라
그리 살아
응어리라곤 없더라

2부

실각성(失脚星)

우리 지금

유성(流星)!
한때 반짝이는 별이었다

우리
지금 뜨겁게 사랑하자
지금 따뜻하게 용서하자

제 꼬리
불사르며 사라져 가는
저 별 좀 보아

나는 문명의 노예

폴더폰
접었다 편다

아이고
허리야

그땐 그랬지, 그래 그랬었어

아파트 들어서기 전에는 야트막한 산이었어
아스팔트 이전에 산마루 고갯길이었지
빌딩이 서 있는 곳은 나무들이 서 있었고
나무가 눕고 건물이 선 거야
요양병원이 들어선 곳은 나의 유년이 유실된 곳
복개천은 나의 유년이 수감 중인 곳
곳집에서 고집스런 상여도 쫓겨났어
사라진 곳집터에는 종탑이 들어섰지

서낭 베어지고 설워 울던 누이여, 오라버니여
하늘과 땅 사이 존재했던 서낭당이여
울먹이는 물거품이여! 슬픈 메아리여!
나의 유년은 실종되었어
한쪽이 쓰러지면 한쪽은 일어섰어
일어선 것들은 누운 것들을 밟고 선 것
무덤 위에 아스팔트
사라진 것들 위로 콘크리트
콘크리트 위로 불리지 않을 이름들이
불릴 이름들과 혼재되어 맴돌고 간혹
'우~웅 웅' 울기도 해

떠나가거나 흩어진 것들
파괴되거나 허물어지거나 스스로 사라진 것들
땅속으로 스며든 것들
우리는 그들이 그립다고 한다
우리는 그들이 보고 싶다고 한다
콘크리트 바닥에 누워 시위 중인
아픔들
나무와 풀들
새와 바람
물과 자갈
이러한 이름들
아프고 슬픈 이름들
아프고 슬픈 기억들
우리는 울지도 못했어
세우느라 누운 아픔들을 위해
이제 우리 꺼억꺼억
울어야 해
아픔들이 '괜찮아요' 할 때까지
우리 울어야 해

사랑이여

풀잎 이슬
고스란히
속살에 스며들면 좋겠습니다

이처럼
내 사랑도 늘
당신 안에 머물면 좋겠습니다

내 안의
당신처럼

노을에 붙여

가엾어라

안타까워라

서산 넘지 못한

홍시 하나

그냥

참새 두 마리
짝이 되더니
짝짓기
짝짓기를 하더라
짹! 짹! 짹!
저절로
시가 되더라

내 시는
저절로
詩들 詩들 해지더라

당의정

단맛 안에 쓴맛 숨었더라

나
입술 안에 혀 숨겼고
혀로 목젖 가렸더라

나
그렇게
살았더라

그리움 1

그리움은 늘
가슴 시리고 아프지만

시려도
아름다운 것

아파도
치유되기 싫은 것

그리움 2

첫차
첫눈
첫사랑

떠난 게 아니더라
'그리움' 안에 고스란히 스몄더라

그리움 3

그대
마침 바람이 불어요

향기로라도
이어지리라는
그윽한 바램으로

한 송이
꽃을 피웁니다

세상사

학
까마귀
까치

그들의 속도 모르는 채
선하다
악하다
길하다
하면서

나는 뻔뻔스레
화장하고
치장하고
감추면서
살아간다

꿈

나의 임종은 슬펐다

"여보, 고마워요.
그리고 많이 미안해요"
이 말
들어 줄 아내가 없었다
숨이 끊어지고도
눈을 감지 못했다

밥솥에 밥을 안치고
아내 옆에서
아침을 기다린다

모르면서

하늘이 알고 땅이 안다면서
나를 위로하네

지도 모르고
나도 모르면서

하늘이 안다 하고
땅이 안다 하네

그러면서 여전히
부끄럽게 사네

실각성(失脚星)

먼 옛날
하늘에서 사라져간 별이 있어서

먼 훗날
지구별에 별처럼 아름다운

그대 있나니

책 무덤

불연속 살인사건(사카구치 안고)
인간사냥(리처드 스타크)
완전살인(크리스 토퍼 부시)
연속 살인사건(존 딕슨 카)
살인 방정식(아야츠지 유키토)
종이학 살인사건(치넨 미키토)

시인은
벌벌 떨면서
서점을 나왔다
종이책이 죽어 있었다
그야말로
책 무덤이었다

두견새 슬피 우는 밤
가슴 먹먹한 시인은
시를 쓴다
무덤에 들어갈 시를 쓴다

허허참

숙자가 가고
옥자가 가고
이름 남기지 않았다

공자가 가고
맹자가 가고
이름을 남겼다

허허참
허허참
이러나저러나
허허참

세상의 남편들이여

아내
남편

아! 내 남편
아내 가슴에 사랑의 느낌표 하나 찍으면
세상이 바뀐다

아내

빠알간 석류도
속을 내보이는데

속 깊은 아내
먼 하늘 바라보며
입술만
자근자근

셈법(·法)

1 + 1 = 2
그저 그런 놈

1 + 1 = 1
못난 놈

1 + 1 = 3
잘난 놈

일생 1

초승달에서 보름달로 차오르는 일
보름달에서 그믐달로 이우는 일

배꽃 피고
배꽃 지는 일

일생 2

일동 기립!
풀처럼 일어났다

반동 준비!
풀처럼 흔들어야 했다

일동 착석!
나는 풀처럼 몸을 한껏 낮추어야 했다

일동 취침!
풀처럼 누워야 했다

나는 철저히
조련되었고 학습되었다

촌로(村老)

입 내밀면 십 리
숟가락 내밀면 이십 리

늘 산자락 돌고
내를 건너야 했다

길
물으나 마나
넉넉하였다

콩나물시루

시루에서
떡잎이 합장을 한다
허공에서 발을 디디려는 몸부림
오직 하나의 생(生)이며 멸(滅)이다

땅 위로
떡잎이 두 손 모으고 고개를 내민다
자연의 은총으로
땅속에 뿌리내리고
하늘로 대를 올려 꽃피우고 열매를 맺는다

하나가 하나 되는 삶은 빛이 차단되었고
하나가 여럿 되는 삶은 빛 세상이다

아뿔싸

거미집

거미에게 집이고

벌레에겐

무덤이다

자궁

ㅎ ㅎ

ㄲㄲ

꽃 피고
꽃지더라

집에서 괜히 나왔다

아이코

아이코
큰일 날뻔했네
죽을뻔했네
그러면서

나는 점점
뻔뻔해졌습니다

3부

그대 어디에

개똥철학

옛날 옛적 똥
급한 놈 있었다
비우라 하였다

마려운 놈 있었다
내려놓으라 하였다

싼 놈 있었다
해우소라 하였다

지금도
말씀만 여전하다

엇길, 엇길 아닙니다

시곗바늘
오른쪽으로 돌리기 위해
태엽
왼쪽으로 감았습니다

그대와
다른 길로 가는듯하여도

우리
같은 곳을 가고 있습니다

불편한 진실

겨울 채비를 하는 다람쥐가 있어
도토리를
A가 10개
B가 20개
C가 30개를 가져왔어
똑같이 20개씩 나누었어
A는 더덩실 춤추고
B는 그냥 그랬어
하지만 C는 씨발 쓰발 대가리에서 김 났어
받아쓰기 대왕 언론은
공평하다고 했어
공정하다고도 했어
왜곡은 그들의 신앙
편향은 그들의 경전
편파는 그들의 신념

不不不不不不不不不不
아니올시다, 아니올시다

소리 없는 아우성
불공정을 불공정이라 성토하는 민중의 목소리는
불공정을 공정이라고 우기는 확성기에 밀렸고
통합!
공정!
법대로!
라는 지당하고 존엄하고 경전같은 말씀에 고개를 돌렸다
기실은
주눅들었다는 게 정설이다

어느 날

바람이 왔다
숲은 분주하고
새들은 숨죽였다
간혹
나뭇잎이 새처럼 날았다

상사화

잎 지고
그리움이더라

그리움
점점 짙어지더라

그 눈물 받아
꽃대 올리더라

모순

직설화법에 길들여져서
은유(隱喩)의 글을
좀처럼 이해할 수 없었다

독재에 저항하던 시인이
투항하는 것을 이해할 수 없었다

국정 농단에
함구하고 있는 걸 이해할 수 없었다

그의
아무것도
이해할 수 없었다

같은 영혼이 저항과 투항을 오갔다
은유는 더욱 난해해졌다
은유는 마치 독버섯의 포자 같았다
은유는 은밀하였다

달빛이 취무를 하는 동안
술 취한 무명 시인은 꺼이꺼이 울었다

저항은 직유였고
투항은 은유였다

나는 여전히 은유가 어렵고
동기성망각(動機性忘却)이라도 하려고 하였으나
이마저 저항 없는 투항 같아서
차라리 저절로 눈 감기는
늦은 시간에 투항하고 말았다

그대 어디에

풀잎 떨리면
꽃이 오고

가슴이 떨리면
사랑이 온다는데

그대
어디쯤
오시나요

꽃은 벙글었고
설레는 가슴
한껏 부풀었는데

ㅏ와 ㅓ

멋은 안에서 나고
맛은 안으로 든다

너는 내 안으로
나는 네 안으로

ㅓ와 ㅏ
등 돌리고 있는 거 아니야
너는 내게로
나는 네게로
향하고 있는 거야
멋과 맛처럼
이렇게
마주하는 거야
함께 하는 거야

소싯적에

함께 있었습니다
꿈이 아니면 좋겠습니다

바람처럼 떠나갔습니다
꿈이면 좋겠습니다

꿈속 거름더미에 오줌을 쌌습니다
꿈이 아니었습니다

이불이 젖었습니다
키를 뒤집어쓰고 이웃집에 가야 했습니다

일생이
비몽사몽이었습니다

안동 장날

난전에서
'이 무꾸 바람 안 들었니껴?'
'바람 들면 여게 있나. 어데 가고 없제'

전기재료 상점에서는
'전기 안 무섭나'
'마누라가 더 무섭다'

'골라 골라'
짝! 짝! 짝!
어리둥절 노총각
얼빠졌다

족쇄

던진 돌이
흰 돌이었던가
검은 돌이었던가
아직도 나는
축몰이에
대가리 내밀어야 한다

어리둥절

푸른 초원이라 말하고
녹색으로 채색한다

음식물과 배설물의
같은 근원
다른 길

나는
지도를 펼쳤다

허허참

목탁
속 비었더라

나도
속 비었더라

어쩌나
속 빈 소리들

이 손 어떡해

염불보다 잿밥이라니

염병할

직립보행이 부끄럽다

어머니

가슴이 먹먹해서
눈물이 앞서서
쓸 수 없는 시가 있습니다

'어머니'

어쩌면
이 세 글자 만으로도
이미
이 세상에서
가장 위대한 시(詩)이기 때문일 수도 있겠습니다

억겁

지상에
옷 한 벌
신발 한 켤레
닳고 있고

지친 낙타
건조한 사막에서
무릎을 꿇었다

바람이 모래언덕을
한 꺼풀 벗겨내고 갔다

괄호 안에 괄호 또 있었다
그리고 또 있었다

철부지

어머니는
남몰래 울고
아버지는
속으로 울었다

나는
나는
철들라면 멀었다

원죄

나는 너에게 그리하였고
너는 그에게 그리하였고
그는 나에게 그리하였다

원죄는
나냐
너냐
그냐

음주

불 끌까?
응

똑바로 자
응

오늘은
아내가 운전한다

이 맛이야

해 질 무렵 벨이 울렸다
소리꾼 장사익 선생이다
『바람이 분다』를 읽으며
무릎을 몇 번이나 쳤단다

가난한 시인
이 맛으로 시를 쓰지

말(言)이 넘쳐
언총(言塚)이 생겨나고
글(書)을 서책(書册)으로 남겨
서점이 서총(書塚)이 되는 지경에도
술 한 잔 올리는 일 없다

오늘
십이시의 첫째 시
책 무덤에 맑은 술 한 잔 올린다

가난한 시인들과
건배!

차용

인생
달기도 쓰기도 하였다는
이 말
단맛 쓴맛 잘 아는
혀를 빌려야 했다

인연

스치는 일
이 모두가
긴 여운입니다
좋은 인연입니다
그리고
서로
잘 지키는 인연이어야 합니다
존중되는 인연이어야 합니다
그리하여
끝까지
아름다워야 하는 인연입니다

자화상

젖이 모자랐던 내면아이와
허기의 내가 만나 울었다
부둥켜안고 울었다
젖배를 곯은 나에게
먹거리가 넘치는 내가 용서를 구해야 했다
나는 나의 과거를
나의 현재에 데려와
배곯지 않는 나를 보여주는 허영과
버려지는 많은 음식만큼은 숨겨야 하는 위선을 베풀었다
내면아이는 치유되지 않은 채로 헤어졌다

들숨마저 비만이 되고 마는 배부른 세상
여기저기서
'배고파'
공허가 허기가 된 세상
'딩동'
주문한 음식 앞에
나는 늘 그랬듯이 혼자다

천태만상

배불러 죽겠다면서
한 놈 지나갔다

똥 마려 환장하겠다며
한 녀석 뛰어갔다

배고파 미치겠다며
또 한 놈 지나갔다

세상
참

지혜

여린 풀잎이
흔들려도
부러지지 않는 건

속이 없어서가 아니야
무골(無骨)이어서가 아니야

그저
바람 가는 길로 눕기 때문이야

혀

눈과 귀로 들어간 건
입으로 나오고

입으로 들어간 건
항문으로 나온다

항문으로 나오는 건
밖에서 정화하고
입에서 나오는 건
안에서 정화해야 한다

둘 다
주워 담을 수 없기 때문이다

4부

단상(斷想)

단상(斷想) 1

저 별
어쩌면

내일은
못 볼지도 몰라

아내의 손을
꼬옥 꼭 잡았다

단상(斷想) 2

어머니의 눈물이
바닷물이
짠
까닭은
같은 깊이 때문

단상(斷想) 3

물 빠진 개펄과
입 다문 조개 위로
낮달
말없이 서산 가네
빈 배로 가네

단상(斷想) 4

서산 넘는 해
인간세상 못 볼 것들 많이 보았을 터
그래서
눈시울 뜨거워졌을 터
얼굴 붉어졌을 터

나 여전히
뻔뻔하여라

단상(斷想) 5

열쇠와 자물쇠
이 기막힌 인연
이 기막힌 악연

단상(斷想) 6

낮말 새가 듣고
밤말 쥐가 듣는다면서도
말 많은 세상인데

무덤가 할미꽃
일생을 귀 기울여
듣는 말 뭘까

단상(斷想) 7

귀가 항상 열려 있음은
많이 듣고 공감하라는 것이고

눈과 입을 여닫을 수 있음은
눈은 가려서 보고
입은 적당히 말하라는 것이다

목젖은 기도와 식도를 여닫지만
혀는 듣는 이의 마음을 여닫는다

단상(斷想) 8

까마귀를 까마귀라 하고
백로를 백로라고 하긴 해도

그 속
도통
알 수 없더라

단상(斷想) 9

처음 떨어진 빗방울은 많이 아팠을 것이다
두 번째 떨어진 빗방울은 첫 빗방울의 등을 찾지 못해
당황하였고
그다음 빗방울도 그러하였으리라 이윽고
서로가 서로를 다독였으리라
상처와 상처가 모여 위안이 되었으리라
위안과 위안이 모여 따뜻한 가슴이 되었으리라
따뜻한 가슴이 부드러운 품이 되었으리라

단상(斷想) 10

나는 어제로부터 왔다
나는 내일을 모른다

'몰라'에서 '모레'가 파생되었다
모레는 도통 모르는 날이고
내일 역시 모르는 날이다

오늘이 어제에 영속되고 어김없이
해는 솟았다
요행히 오늘도 오늘에 머문다

단상(斷想) 11

무대는 어두워졌고
배우는 무대에서 사라졌다

객석은 밝아졌고
이미 어두워진 무대는
나를 놓아주지 않았다
좀처럼 그곳을 빠져나올 수 없었다

배우가 올려다 본 별과
별을 가리키던 가느다란 손가락
별과 손가락 끝이 순간 길처럼 이어졌다
이어졌던 길이 사라지고

나는
담벼락에 오줌을 갈겼다
별을 그리려 했으나 흘러내렸다
낮은 곳으로 흐르다 곧 멈추었다
이후로도
올려다보는 일과
낮은 곳으로 흐르는 일이
많았다

단상(斷想) 12

CO_2

H_2O

다른 나라 과학자들이 찾아낸 원소 기호이다

A18

우리나라에만 존재하는 원소 기호이다

자주 내뱉지 않으면 울화통이 터진다

단상(斷想) 13

풍경의
건조된 물고기와

댓돌 위의
고양이 땜에

절간 목탁
입 다물지 못한다

'안전거리 확보!'

단상(斷想) 14

허공(虛空)
하늘도 비고

공허(空虛)
나도 비었으나

어찌, 이토록
허허(虛虛)롭단 말인가

선문답 1

고추 달렸다고?
아지매가 통화하며 지나갔다

제자: 고추 농사짓는 모양입니다
스승: 누군가 아들을 생산한 게로군

도통
소통과
불통을
알지 못하겠다

선문답 2

제자: 속세에서 탈법이 난무하는 까닭이 궁금합니다

스승: 그들이 집을 나가면 가출이 되고

　　　우리가 집을 나온 건 출가라 하지 않느냐

제자: 그 정도는 알고 있습니다

스승: 움켜쥐려고 하니 탈법이 되고

　　　우리처럼 말(言)로라도 내려놓으면 해탈이 되는 게야

제자: 탈세 탈법하는 자가 1% 반열에 등극하고

　　　99% 민중은 개돼지로 전락하는 거라는데요

제자는 쫓겨나고

스승은 시발스발

선문답 3

스승: 큰 새는 작은 새보다 한결 부드럽고
　　　여유로운 법이니라
제자: 예 스승님. 작은 새는 날갯짓이 바쁘더이다

스승은 밭이랑 한 줄 매고 가갸거겨
제자는 온종일 시발스발

스승: 세상 돌아가는 이치가 다 그러할진데

누구 주둥이는 가갸거겨
누구 입은 시발스발

선문답 4

제자: 치장과 화장을 구별할 수 없습니다
스승: 치장은 누군지 알아볼 수가 있고 화장은 도통
　　　누군지 알 수가 없는 이 시대 최고의 경지이니라
제자: 그럼 화장도 수행만큼이나 어려운가 봅니다
스승: 수행으로도 화장의 은폐술을 어찌할 도리가 없고
　　　도술과 마술을 모두 섭렵해야 화장술을 제압할 수
　　　있는 법이지

그길로 제자는 스승을 버리고 도시로 갔고
스승은 세상 돌아가는 꼴에 환장을 한다

선문답 5

제자: 청문회란 무엇입니까

스승: 흠결이나 결격사유를 자격요건으로 변질시키는

     고도의 정치행위를 일컬음이니라

제자: 당최 무슨 말씀이신지

스승: 논문 표절

     부동산 투기

     병역면제

     위장전입

     음주운전

     탈세 등을 자유자재로 구사하는 그야말로 이 시대

     최고의 고수를 고르는 일이지

제자: 똥은 똥통에 오줌은 요강에 있는 게 제격인데……

스승은 깨갱! 요강 뚜껑으로 물 떠먹은 것 같고

제자는 룰루랄라

선문답 6

제자: 생로병사에 대한 가르침을 주십시오

스승: 생로병사 중에 생(生)은 이미 하였으니 함께 이 땅을
　　　밟고 있지 아니한가

제자: 예. 그러하옵니다

스승: 제각각의 노(老)가 끊임없이 오고 있고 병(病)도
　　　수시로 들락거리고 있지 않느냐

제자: 예. 작년 다르고 올해 다르옵니다

스승: 닥쳐라. 나는 어제 다르고 오늘 다르니라

제자: 생은 순서가 있지만 죽음은 순서 없다지 않습니까

제자는 동동주에 손가락 빨고
스승은 똥 마려운 개처럼 마당을 쓸고 다닌다

선문답 7

제자: 자식을 위해 몇 년을 기도해도 취업이 안 되는데
　　　기도라고는 않는 주막집 아들이 철가방 시험에
　　　단번에 합격했습니다
스승: 기도라는 건 그저 자기 위안일 뿐이고 당사자가
　　　간절하고 절실해야 이루어지는 게야
제자: 그럼 이곳의 돌탑과 복전함은 무엇입니까
스승: 우리도 먹고 살아야제

그길로
제자는
스승을
떠나서
수많은
돌탑과
복전함
만들고
가갸거겨
가갸거겨

선문답 8

제자: 단풍 구경을 한다면서 먹물 안경을 쓰고 있습니다
스승: 눈동자의 95%는 흑백, 나머지 5%가 색을 인식하는
　　　세포로 구성되어 있다는데 평생 화려한 색에 얼마나
　　　피로했겠는가
제자: 그럼 얼굴 반만한 크기는 무슨 까닭이옵니까
스승: 인간의 눈이 상하좌우 자유자재이기 때문이지
제자: 밤에도 벗지 않는 게 이해되지 않습니다
스승: 세상이 온통 검게 보이는데 네놈 같으면 밤낮과
　　　똥오줌을 가리겠느냐

제자는 그길로 기저귀 사러 가고
스승은 숨겨 놓은 속옷 빨래를 한다

선문답 9

제자: 음양이 바뀌었다고 합니다

스승: 누가 그딴 소리를 하더냐

제자: 그냥 주워들었습니다

스승: 주웠으면 버리면 될 일이거늘

제자: 산 아래서는 이미 바뀐 음양으로 살아가고 있다
　　　하옵니다

스승: 밥상을 엎어놓고 밥을 먹는단 말이냐.
　　　아니면 팔로 걷고 다리로 게임을 한단 말이냐

제자: 여자는 날아다니고 남자는 기어다닌다는
　　　소문입니다

스승: 당연하지. 예로부터 치마는 춤추며 다니고
　　　핫바지는 질질 끌며 다니지 않았느냐

제자: 음양이 바뀌었다는 게 사실이군요

스승: 버튼만 누르면 뭐든 해결되는 시대에 남자의 힘이
　　　필요 없으니 팽 당하는 것은 당연한 일이지
　　　음양의 기운은 그대론데 우리 인간이 북 치고
　　　장구 치고 나발 불고 있는 게야

제자는 호미 들고 밭으로 가고
스승은 북 치고 장구 치고 룰루랄라

선문답 10

제자: 우리 사회가 많이 맑아진 것 같습니다

스승: ?

제자: 장관 후보자가 93평 아파트에 전세를
　　　살고 있다고 하니 참으로 청빈한 삶을
　　　살고 있는 분이시지요

스승: 그럼 1년에 5억을 쓴다는 A 장관 후보자는
　　　어떻게 생각 하느냐

제자: 경기 부양을 위해 저축도 못 하고 오직 소비를
　　　진작시키려 하는 분이니 진정한 애국자이지요

스승: 청문회라는 것이 원래 들을 청(聽),
　　　들을 문(聞)이거늘 개가 짖고 개가 듣는
　　　형국이라서 우리네들은 그 속을 알 수 없는
　　　노릇이지

비가 내리는 데도 물 대포를 맞고 싶다
가슴이 답답하고 머리는 터질 것 같다
그들은 올여름 폭염 후유증이라 말할 터이고
우리는 그렇게 듣고
그렇게 알면 된다
버러지 같은 ㅅ ㅏ ㄹ ㅁ

선문답 11

제자: 산길에 계란 껍데기가 버려져 있습디다
스승: 란제리도 잘 벗겨져 있더냐
제자: ???????

그날 이후 산중에서 제자가 보이지 않았다

선문답 12

스승: 아침에 하명한 건 다 하였느냐
제자: 깜빡 잊고 있었습니다. 요즘 정신이 오락가락
　　　하옵니다
스승: 나보다는 낫구나. 갔다가 오기라도 하니······
　　　이제 하산하거라
제자: ???????

세월도 오고 가고
바람도 오고 가는데
스승은 가고
가고 오지 않았다

선문답 13

제자: 저 꽃 이름이 무엇이옵니까
스승: 그놈하고 통성명하지 않아 서로 모르고 지낸다네
제자: 그럼 그냥 잡풀이라고 할까요
스승: 잡풀(雜·)이라고 하면 너도 잡놈(雜·)이 되거늘
　　　이름 없이 사는 풀보다 못한 부끄러운 이름들을
　　　보게나
　　　바람 없이도 흔들리는 저 가벼움을 보게나

제자는 삿갓과 지팡이를 챙겨 길을 나섰다

선문답 14

제자: 기침하셨습니까

스승: 들어오너라

제자: 밤새 낙엽이 많이 떨어졌습니다

스승: 생로병사 중에 노병사(老病死)니라

제자: ?

스승: 너 나 할 것 없이 제각각의 노병사가 오고 있다
　　　다만 자각하지 못하고 인식하지 못할 따름이니라
　　　내 몫의 노병사가 오고 있다는 생각에 이르게 되면
　　　욕심도 사라지게 되고 따라서 우리의 삶도 맑아질
　　　것이니라. 알겠느냐

제자: 누구나 늙고 누구나 죽는다는 진리를 깨우쳤습니다

스승: 이제 하산하거라

선문답 15

제자: 부정부패가 많은 까닭이 무엇이 옵니까
스승: 마음이 급해서이다
제자: ?
스승: 마라톤 선수가 부정출발하는 걸 보았느냐
제자: 보지 못하였사옵니다
스승: 그렇다. 단거리 경기에서 부정출발이 많은 법!
　　　 알겠느냐
제자: 명심하겠나이다

풀잎 떨리면 꽃이 오고

김성기 지음

발 행 처 · 도서출판 청어
발 행 인 · 이영철
영   업 · 이동호
홍   보 · 천성래
기   획 · 남기환
편   집 · 방세화
디 자 인 · 이수빈 | 김영은
제작이사 · 공병한
인   쇄 · 두리터

등   록 · 1999년 5월 3일
(제321-3210002510019990000063호.)

1판 1쇄 발행 · 2022년 12월 20일

주소 · 서울특별시 서초구 남부순환로 364길 8-15 동일빌딩 2층
대표전화 · 02-586-0477
팩시밀리 · 0303-0942-0478

홈페이지 · www.chungeobook.com
E-mail · ppi20@hanmail.net
ISBN · 979-11-6855-101-5 (03810)